Título del original alemán: *Ein Jahr mit den Eulen*
Traducción de Juan Manuel Miera
© 2014, Gerstenberg Verlag, Hildesheim, Germany
© para España y el español: Lóguez Ediciones 2016
Todos los derechos reservados
Printed in Spain: Grafo, S.A.
ISBN 978-84-945653-1-1
Depósito legal: S.377-2016
www.loguezediciones.es

Thomas Müller

Un año con las lechuzas

Lóguez

En una templada noche de primavera, se oyen unos
extraños sonidos, como llamadas estridentes. Los ruidos vienen
de dos grandes pájaros que vuelan elegantemente
como sombras alrededor de la torre de la iglesia.
Son lechuzas comunes cortejándose.

Con paciencia e insistencia, el macho consigue atraer
a la hembra a su vivienda en la torre. Su regalo de
boda, un ratón recién capturado, debe convencerla
de su capacidad como fiel y protector compañero.
Sin embargo, la lechuza hembra es difícil de complacer
y tiene que examinar con más detenimiento el
lugar para hacer su nido.

El sitio ha sido una buena elección. Se encuentra protegido entre las viejas vigas del tejado. Ninguna marta se atreverá a subir a lo alto de la torre. Además, hay una cómoda entrada y salida para el vuelo. Eso convence a la lechuza hembra. Enlazados y piando, la pareja celebra la boda.

La lechuza común no construye nidos. Para ella, es suficiente una base formada por restos regurgitados de animales cazados. Después de un tiempo, la lechuza pone, con una diferencia de entre dos y tres días, cinco blancos huevos, sobre los que se posa inmediatamente. Con el fin de que los huevos se calienten igual por todas partes, la lechuza va dándoles la vuelta con mucho cuidado. Mientras tanto, la lechuza macho provee de ratones a la hembra. Ella, una y otra vez, se vuelve tiernamente hacia él.

A los treinta días aproximadamente, el primer polluelo sale del huevo. Con un débil chirrido entra en contacto con su madre. Los cuatro hermanos salen de los huevos entre los dos y tres días siguientes.

En ese tiempo, la lechuza macho abastece a toda la familia. Llega a cazar hasta doce ratones por día o, mejor dicho, al ponerse el sol y durante la noche, porque las lechuzas salen de caza al hacerse de noche. Gracias a su suave plumaje, pueden volar prácticamente en silencio. Y cuando sus patas, con garras afiladas como puñales, se cierran sobre su presa, no hay escapatoria para el ratón.

Los buenos años de ratones son también buenos para la lechuza común. Los polluelos crecen rápido gracias a la abundancia de alimento. Debido a los pocos días de diferencia al nacer, los polluelos son de diferentes tamaños, como los tubos de un órgano. Al principio, la madre trocea los ratones dándoselos en bocados pequeñitos a los diminutos polluelos. Ahora, las jóvenes lechuzas ya se valen por sí mismas y los padres salen juntos a cazar ratones.

Las crías de lechuza hacen ejercicios de vuelo, cada vez con más frecuencia, bajo el tejado de la torre y exploran el interior. Finalmente, a las siete semanas, la primera y joven lechuza se atreve: torpemente, aletea desde lo alto de la torre hasta el gran tilo y desde allí al tejado de una cuadra donde ya la está esperando su madre. ¡Todo un mundo nuevo!

Una tras otra, las jóvenes lechuzas abandonan la protegida y segura vivienda en la torre. Durante un tiempo serán alimentadas por sus padres; sin embargo, pronto aprenderán a cazar por sí mismas. Las lechuzas son solitarias y así, poco a poco, cada uno de los hermanos se busca su propio lugar en los extensos alrededores, prefiriendo la cercanía de granjas y graneros, donde puedan encontrar muchos ratones. En su caza, vuelan a lo largo de zanjas, lindes y taludes de las carreteras.

De pronto, una gigantesca pared se alza en el anochecer. Solamente con una rápida maniobra de vuelo, la joven lechuza macho consigue evitar chocarse en el último momento.

Asustada, la joven lechuza se aleja rápida. Una vez más, ha salido ilesa. Ahora sabe que las carreteras son lugares peligrosos. Pese a que la lechuza común dispone de un fino oído, parece ser que son insensibles a los ruidos de un camión aproximándose.

Noviembre trae las primeras nieves hechizando el paisaje. El joven macho ha encontrado una pequeña granja, alejada de las grandes carreteras y vías de ferrocarril. Un buen lugar para pasar el invierno tranquilamente.

A través de un pequeño respiradero, la lechuza consigue entrar en el granero y va capturando abundantes ratones. Pero también sale fuera a cazar. Volando sigilosamente, detecta un ratón que se mueve bajo la capa de nieve. Únicamente guiada por su oído, clava sus garras a través de la nieve atrapando al pequeño roedor.

Así van pasando los días. Sin dificultades, la lechuza supera el frío invierno de abundantes nieves. La joven lechuza macho se ha convertido en una lechuza adulta. A principios de marzo, de pronto, se siente inquieta y con ganas de aventuras. Curiosa, vuela por los alrededores. Hasta que un día, oye tiernos y extraños sonidos.

Una joven lechuza hembra llama a su pareja
en el anochecer de ese día de una primavera
adelantada. Eso era exactamente lo que buscaba.
Poco después, las dos giran volando, apenas
perceptibles y elegantes cual dos sombras,
alrededor del granero entre los viejos árboles.
¡Qué noche más bella!

De interés

Con su cara de máscara en forma de corazón, el plumaje ocre y tan esbelta silueta, la LECHUZA COMÚN es una excepcional y elegante aparición. Exteriormente, el macho y la hembra apenas si se diferencian el uno del otro.

Las lechuzas son activas al atardecer y por la noche. Con sus grandes ojos, pueden ver en la casi más absoluta oscuridad. Además se orientan también por el oído. De todas las lechuzas, la común posee el mejor. Incluso en noches negras como boca de lobo, puede atrapar con seguridad un ratón orientándose por el oído.

La lechuza común vive en las cercanías de aldeas y es muy fiel al lugar donde vive. Anida en torres de iglesias, graneros y desvanes de granjas.

Su alimento principal son los ratones. En años de abundancia, las lechuzas pueden tener muchas crías y se da la situación de tener dos nidadas casi simultáneamente, donde el macho alimenta a las crías cuando éstas todavía no pueden volar y la hembra ya está empollando una nueva puesta de huevos.

Las lechuzas engullen su presa entera y regurgitan las partes no digeridas como huesos y pelos. Debajo de los lugares donde descansan estos pájaros, se encuentran esos restos compactos de forma cilíndrica como indicadores de la presencia de lechuzas.

La moderna agricultura con la utilización de pesticidas, los campos de cultivo sobreabonados y su inmediato arado después de la cosecha, son los culpables del descenso del número de ratones de campo. Si hay pocos ratones, la supervivencia de la lechuza resulta difícil. A esto se añade que la lechuza apenas encuentra lugares donde anidar. Las entradas de las torres de las iglesias están cerradas con malla metálica, los viejos graneros son demolidos. Así, la lechuza común se ha convertido, lamentablemente, en un pájaro poco frecuente.

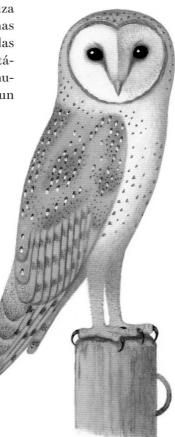

El MOCHUELO, de tamaño similar al mirlo, vive en tierras de pastos con sauce desmochado, en los alrededores de aldeas y, sobre todo, a lo largo de los arroyos. Ahí o en la oquedad de viejos árboles frutales, fija su lugar de residencia. Caza ratones, insectos, caracoles y lombrices de tierra.

La LECHUZA CAMPESTRE vive en los paisajes culturales que nos rodean. No construye su propio nido, sino que utiliza otros abandonados por cornejas y urracas. Por el día, la lechuza campestre, por lo general, está posada en una rama en la proximidad de su lugar de residencia. Debido al color de su plumaje resulta difícil de descubrir. En caso de peligro o alarma, levantan sus orejas de plumas.

El CÁRABO o búho marrón es la especie de lechuza más frecuente en algunos territorios, como el nuestro, y es algo más grande que la lechuza común y la lechuza campestre. Puede tener un plumaje marrón rojizo o, más bien, grisáceo. El cárabo incuba sus huevos en las oquedades de los árboles, en las que pasa también el día. Por la noche, caza ratones, pájaros dormidos e incluso ardillas y ranas. Es entonces cuando se puede oír su conocida llamada, que suena algo así como "¡hUUUUuh!".